Maurício Veneza

AÍ É OUTRA HISTÓRIA...

1ª edição

Rio de Janeiro | 2012

CIP-BRASIL. CATALOGAÇÃO-NA-FONTE
SINDICATO NACIONAL DOS EDITORES DE LIVROS, RJ

V571a
Veneza, Maurício, 1951-
Aí é outra história... / [textos e ilustrações] Maurício Veneza. - Rio de Janeiro: Galera Record, 2012.
il.
ISBN 978-85-01-09812-2
1. Ficção infantojuvenil brasileira. I. Título.

11-7112.   CDD: 028.5
             CDU: 087.5

Copyright © Maurício Veneza, 2012

Texto revisado segundo o novo Acordo Ortográfico da Língua Portuguesa.
Todos os direitos reservados. Proibida a reprodução, no todo ou em parte, através de quaisquer meios. Os direitos morais do autor foram assegurados.

Ilustrações de miolo e capa: Maurício Veneza
Composição de miolo: Celina Carvalho

Direitos exclusivos de edição reservados pela
EDITORA RECORD LTDA.
Rua Argentina, 171 - Rio de Janeiro, RJ - 20921-380 - Tel.: 2585-2000

Impresso no Brasil
ISBN 978-85-01-09812-2

Seja um leitor preferencial Record.
Cadastre-se e receba informações sobre nossos lançamentos e nossas promoções.

Atendimento e venda direta ao leitor:
mdireto@record.com.br ou (21) 2585-2002.

Para Perrault, Grimm e Andersen. E para todos os criadores, cujos nomes jamais saberemos, que, apesar de sua grande imaginação, talvez não tenham chegado a imaginar que seus contos se tornariam imortais.

Novos finais
para histórias que
a gente já conhece
há um tempão
e não aguenta mais
ouvir do mesmo jeito

A BELA ADORMECIDA

Todo mundo conhece a história da bela adormecida. É aquela da princesinha que quando fez 15 anos pegou no sono e quase não acordava mais. Mas é melhor começá-la do início:

Quando a tal princesinha ia ser batizada, o rei, seu pai, convidou o reino todo pra festa. Ou melhor, quase todo. Por esquecimento ou fosse por que fosse, deixaram de convidar uma fada que não era lá flor que se cheirasse, e ela, zangada pela desfeita, condenou a princesa a morrer quando completasse 15 anos.

O rei, desesperado, apelou para uma outra fada a fim de que ela desfizesse a maldição. Só que uma fada não podia desfazer o encantamento de outra. Mas podia dar uma aliviada. Servia? Servia. Então ela disse que tudo ia acontecer de acordo com a maldição, com uma pequena diferença: em vez de morrer, a princesinha ia ficar dormindo até que aparecesse um príncipe que a beijasse, aí ela acordaria.

E foi assim mesmo que tudo aconteceu, começando com "Era uma vez" e terminando com "... e foram felizes para sempre".

Mas esta história já foi contada uma porção de vezes. Cada um que conta muda um pouquinho aqui, um pouquinho ali. Por isso achei que também podia dar minha mudadinha.

E a história podia ser assim:

Quando a princesinha nasceu, o rei e a rainha ficaram muito felizes. E prometeram:

— No dia do batizado, vamos fazer a maior festa que este reino já viu! Vai ter banda de rock, grupo de forró e tudo! Vai ser inesquecível!

Mandaram convites pra todo mundo. Menos pra fada malvada. Não só porque ela era malvada. É que ela também era muito chata. Bebia um pouquinho a mais e desatava a falar bobagem, pegava brinquedo dos outros, depois não queria devolver, contava piada começando pelo fim... Chata mesmo.

No princípio, a fada malvada achou que o seu convite não chegava por culpa do correio, que nesse tal reino não era como o nosso. Lá a correspondência atrasava, erravam endereço, as encomendas chegavam amarrotadas... Muito diferente daqui.

Passou o tempo e o convite não chegou. Só no dia do batizado a fada malvada se convenceu de que a tinham deixado de fora de propósito.

Então, danada da vida, foi ao castelo e falou:

— Ah, é assim, é? Não me convidaram! Pois vão ver só: quando a princesinha completar 15 anos vai furar o dedo na roca ao fiar e vai morrer!

Ficou um olhando pro outro sem entender. Como tinha muita gente que não sabia o que era fiar e muito menos o que era roca, ela resolveu explicar:

— Olha, fiar significa fazer linha, e roca é uma peça de madeira onde se enrola o algodão pra fazer o fio.

— Ah, bom.

O rei protestou:

— Não pode! Minha filhinha, minha única filha... morrer tão jovem! Tenha pena de mim...

— Quem tem pena é galinha! Na hora de fazer a festa e não me convidar, achou que ia ficar tudo por isso mesmo. Agora se vire!

Depois disso, o rei e a rainha procuraram outra fada, que, ao contrário da primeira, era boazinha, tão boazinha que tinha sido convidada pra ser madrinha da princesa. Isso, aliás, era também um dos motivos da inveja da fada malvada.

— Ai, comadre, que tragédia! Será que a senhora não dava aí um jeitinho de cancelar esta maldição?

— Bem — disse a madrinha —, cancelar eu não posso. Mas dá pra diminuir um pouco os efeitos...

— Como assim?

— Posso fazer, por exemplo, com que ela caia num sono profundo em vez de morrer.

— Por quanto tempo?

— Difícil dizer. Até que surja um belo príncipe e lhe dê um beijo. Aí ela desperta e casa com ele.

— Negócio fechado.

— Tem um detalhe.

— Sabia. Estava bom demais.

— Quando ela dormir, todo mundo no castelo dorme também.

— Todo mundo? — perguntou o rei. — Inclusive eu? Não dá pra fazer por menos, me deixar de fora?

— É pegar ou largar.

— Mas eu também tenho que ganhar beijo de príncipe pra acordar?

— Não, não, quando a princesa acordar, todo mundo acorda.

— Então tá.

E fizeram assim. Não vou contar o que aconteceu nesses 15 anos pra história não ficar comprida demais. O certo é que, no dia do aniversário, a princesinha descuidou-se, furou o dedo ao fiar e adormeceu. Ela e todos no castelo.

Passaram-se anos e eles lá, ferrados no sono. Um dia, um príncipe que tinha ouvido falar na tal história foi até o castelo conferir. Não deu outra: viu que, de fato, todos dormiam profundamente. O mais espantoso é que ninguém tinha envelhecido, era como se tivessem pegado no sono naquele momento.

Quando ele viu a princesa, ficou deslumbrado. Não resistiu e deu um beijo nela. Na mesma hora, a princesa e todos os outros acordaram. Bocejo pra todo lado. Aí ela perguntou:

— Que horas são?

— Nove horas — respondeu o príncipe, olhando o relógio de pulso.

É claro que eu sei que nessa época o relógio de pulso ainda não existia, mas isto é só uma história inventada. Por falar em invenção, sei inclusive que quem inventou o relógio de pulso foi Santos Dumont, aquele mesmo do avião. Ah, você não sabia? Bom, o que ele inventou foi a maneira de carregar o relógio, que antes era carregado no bolso. Para não ter que largar a toda hora os controles das suas geringonças voadoras, ele bolou um jeito mais prático, que é o que a gente usa até hoje. Mas isto é outra história.

— Só nove horas?

— Sim — confirmou o príncipe.

A princesa virou de lado e avisou:

— Ah, ainda é cedo. Vou ficar só mais um pouquinho.

E dormiu de novo. Ela e todos no castelo. E foram dorminhocos para sempre.

Gostou? E se a história fosse de outro jeito?

Assim, por exemplo:

O príncipe entra no castelo da bela adormecida e encontra todo mundo dormindo. Ao ver a princesa tão bonita e com ar tão tranquilo, não resiste e lhe dá um beijo. A princesa acorda. Arregala os olhos e dá um tapa no príncipe.

— Seu atrevido! Nem fomos apresentados ainda e já vem logo me beijando! Está pensando que eu sou dessas? Abusado!

E volta a dormir.

— Eu, hein? Cada um que me aparece...

O PRÍNCIPE SAPO

Você se lembra da história do príncipe sapo? Aquela em que um sapo se oferece pra fazer um favor para uma princesinha. Uns contam que esse favor era recuperar uma bola de ouro caída no lago. Em troca o sapo pede que ela lhe dê um beijo. A princesa diz que sim, que tudo bem, mas, depois do favor feito, cadê que ela cumpre a promessa? Então o rei, pai dela, não dá moleza e diz que não se pode prometer e aí fazer de conta que nada foi dito.

Chateada, a princesinha vai lá, fecha os olhos e beija o sapo. No mesmo instante ele se transforma num belo príncipe. Ele conta à moça que uma bruxa perversa o enfeitiçou, condenando-o a ser um sapo até que uma princesa o desencantasse com um beijo.

A princesa fica feliz. O rei fica feliz. A rainha fica feliz. E o príncipe, então, nem se fala. Felicíssimo! Casa com a princesa e são felizes para sempre. A não ser que apareça alguém para contar a história de outro jeito.

Quem sabe assim:

Num reino distante daqui morava uma princesinha que tinha uma bola de ouro. É claro que ela poderia se contentar com uma bola de borracha ou plástico, que é muito melhor de se brincar, mas, como era muito rica, tinha essas

frescuras: bola de ouro, sapatinho de ouro, peniquinho de ouro...

Pois um dia ela estava brincando com sua bola e, desajeitada como ela só, deixou escapulir o brinquedo, que foi quicando até cair num lago próximo. Está vendo como eu tinha razão? Se fosse de borracha teria flutuado, mas, sendo de ouro, afundou.

Triste da vida porque a bola era novinha, a princesa desatou a chorar. Berrou até as árvores tremerem. Só parou quando viu que tinha um sapo olhando pra cara dela. Aí fingiu que não estava chorando, que tinha caído um cisco no olho...

— Tá olhando o quê? Nunca me viu, seu feioso?

— Perdeu a sua bola, não foi? Vai tomar a maior bronca quando chegar em casa... Vai ficar sem ver televisão...

Tudo bem, ainda não existia televisão. Vamos cortar esta parte. Digamos que o sapo continuou debochando da menina.

Pronto. Foi o que bastou. A princesa já ia começar a chorar outra vez.

— Mas eu posso pegar a bola pra você – disse o sapo.

— Pode mesmo?

— Claro. Eu moro aqui há um tempão. Conheço este lago como a palma da minha pata.

— Que bom! Então, o que está esperando?

— Calma. Eu vou lá, pego a sua bola e o que é que eu ganho em troca?

— Uma refeição num restaurante de moscas?

— Hum... não. É muito pouco por uma bola de ouro. É de ouro mesmo, não é? Não é imitação, não? O que eu ganho com isso?

— O direito de morar no lago até o fim da sua vida?

— Hum... não. Também é muito pouco.

— E o que você quer então?

— Um beijinho — respondeu o sapo, fazendo biquinho.

A princesa não gostou nada da ideia.

— Isso não.

— Sem beijo, sem bola.

Ela pensou, viu que não tinha outro jeito.

— Está bem. Mas primeiro você pega a bola.

— Trato feito.

O sapo mergulhou, procurou, procurou e achou a bola de ouro.

— Aqui está, princesa.

A menina pegou a bola e saiu correndo na direção do castelo, cantando "*enganei o bobo...*", sem dar o beijo que tinha prometido.

O sapo não gostou de ter sido enganado. Foi se queixar ao rei.

Depois de ter ouvido a história do sapo, o rei mandou chamar a princesa.

— Você prometeu dar um beijo neste sapo se ele trouxesse de volta sua bola de ouro.

— Foi só uma brincadeira.

— Mas na hora de ir buscar a bola no fundo do lago não foi...

— E o que o senhor quer que eu faça? Que dê um beijo nesse bicho horroroso?

— Já que você tocou no assunto...

— Tá bom, mas nunca mais quero ver este sapo pelo resto da minha vida!

E, pra se livrar do aborrecimento, a princesinha acabou dando o beijo que o sapo queria. Para surpresa de todos, uma nuvem de fumaça envolveu o sapo, que se transformou num belo príncipe.

O príncipe tinha até olhos verdes, bem diferente do sapo, que era verde da cabeça aos pés.

— Obrigado, princesa. Seu beijo quebrou o encanto que me prendia àquela forma horrível. Há muito tempo fui transformado em sapo pelo feitiço de uma bruxa malvada. Só quando uma princesa me desse um beijo é que eu poderia voltar ao que era.

— Puxa!

Além de bonitão, o príncipe era simpático e bem falante. A princesinha logo gostou dele. O rei e a rainha, que prefeririam ter um genro príncipe a ter um genro sapo, ficaram aliviados.

Assim, o príncipe e a princesa namoraram, depois se casaram. Foram felizes para sempre? Que nada! Menos de uma semana depois, a princesa pediu o divórcio. Preferia ficar sozinha a ter que beijar um príncipe que adorava comer moscas no café da manhã...

Beleza de história, hein? Ué, não gostou? Bom, posso tentar contar de outro jeito.

Que tal assim?

Era uma vez uma princesa um bocado descuidada. Muito descuidada mesmo. Deixava os cadernos amassados e rasgados, o copo sujo na mesa, jogava a mochila do colégio de qualquer jeito no sofá e por aí vai. De tão descuidada, um dia deixou sua bola de ouro cair no lago que ficava próximo do castelo.

Como não havia mais ninguém por perto, pediu ajuda a um sapo:

— O senhor poderia me fazer um favorzinho?...

O espertinho avisou que de graça não faria o serviço. Que conversa de "fazer favorzinho" era aquela?

Mas disse que, pensando bem, poderia fazer o imenso sacrifício de pular naquela água fria em troca de um beijo. A princesa topou.

O sapo mergulhou no lago em busca da bola de ouro. Demorou, mas conseguiu encontrá-la. Só que, na hora em que cobrou o beijo que a princesa havia prometido, ela fez uma careta, daquelas de botar a língua pra fora, e se mandou. O sapo então foi falar com o rei para exigir que ela cumprisse a palavra.

— Ah, ela prometeu que ia lhe dar um beijo se você recuperasse a bola de ouro? — perguntou o rei. — Olha, ela é assim mesmo: promete que vai estudar e só fica vendo televisão, promete que vai arrumar o quarto e, quando a gente vai ver, continua a mesma bagunça... Agora, acreditar que ela ia beijar um sapo nojento como você, só por causa daquela bola... Sabe, você é bobo mesmo!

E mandou jogar o sapo num brejo bem distante dali.

CINDERELA

A Cinderela, você deve se lembrar, era aquela mocinha muito maltratada pela madrasta e pelas filhas dela. Filhas da madrasta, não da Cinderela.

Então, numa noite em que ia acontecer um grande baile no castelo da família real, a menina ficou em casa trabalhando enquanto todo mundo ia se divertir.

Foi aí que lhe apareceu sua fada madrinha, que transformou seus farrapos num belo vestido de baile e lhe disse que fosse à festa.

Como o castelo ficava um pouco longe e não dava para ir a pé, ainda mais de salto alto, a fada transformou uma abóbora numa carruagem. Transformou também uns camundongos numa parelha de cavalos, porque, como você sabe, naquele tempo não existiam carros a motor e então a carruagem tinha que ser puxada por cavalos. Se ela se esquecesse desse pequeno detalhe, a Cinderela ia ter que empurrar o veículo até o castelo...

A fada fez isso tudo, mas avisou à moça que o encanto ia se desfazer à meia-noite e que ela tinha que sair do baile antes disso. Não sei se a Cinderela sabia ver as horas, se usava relógio ou não, isto a história não conta.

Cinderela foi, deixou todo mundo maravilhado, dançou com o príncipe (que logo se apaixonou. Príncipe de história se apaixona fácil, fácil), mas quando o relógio bateu a primeira badalada da meia-noite, ela saiu correndo antes que o encanto acabasse.

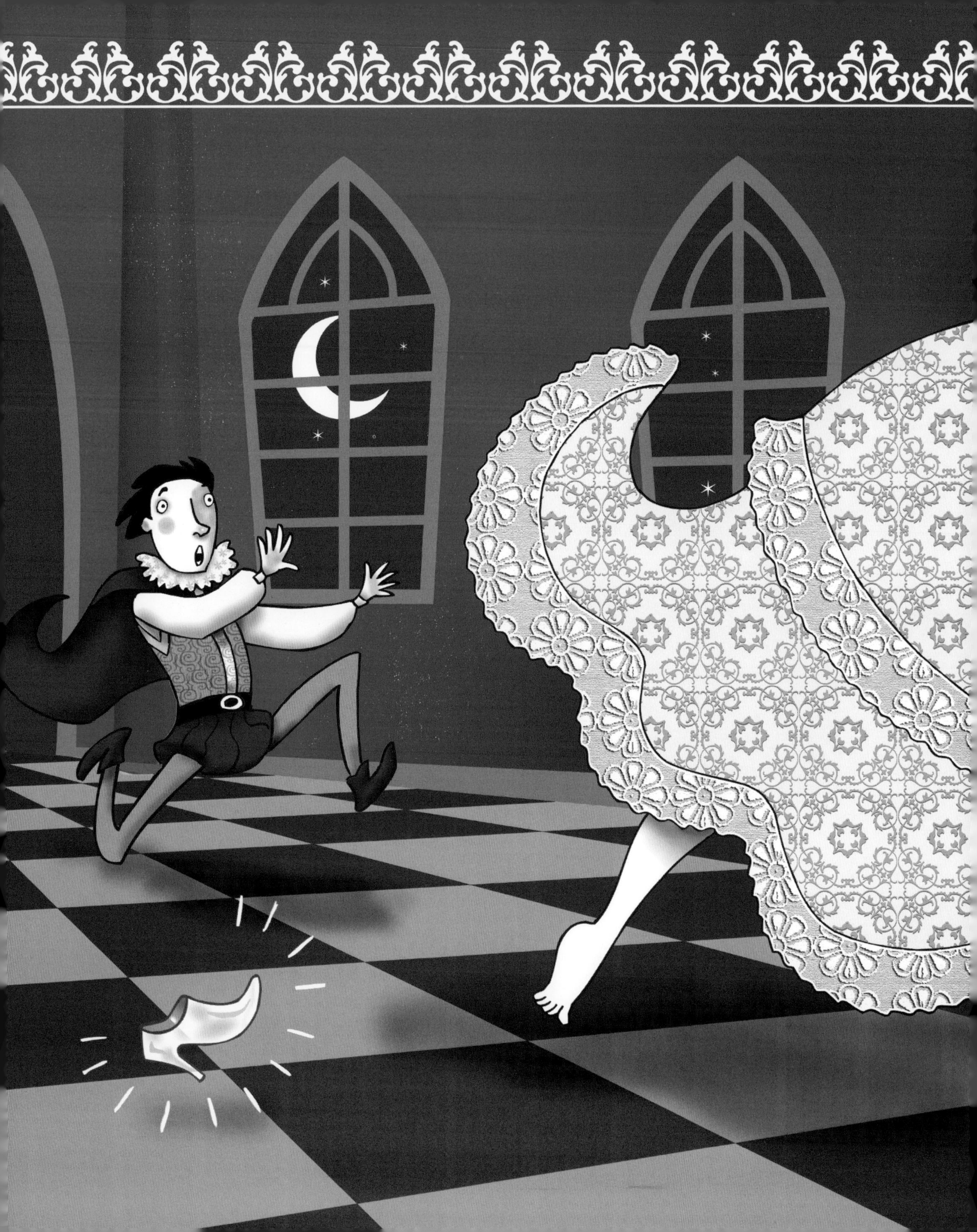

Na pressa, deixou cair um dos sapatinhos de cristal. Eu já tinha dito que os sapatinhos eram de cristal? Pois eram. E lá se foi a moça, correndo e mancando (por falta do sapato), pegou a carruagem e se mandou.

No dia seguinte, o príncipe mandou anunciar que se casaria com a dona do sapatinho de cristal. E saiu pelo reino, acompanhado de uma comitiva, experimentando o sapatinho em tudo quanto é pé de moça que via pelo caminho. Mas imagine só quantas dessas moças não deviam fazer o mesmo que o sapo da musiquinha, aquele que não lava o pé porque não quer?

Para surpresa de todos, principalmente das filhas da madrasta, o único pé que coube certinho no sapato de cristal foi o da Cinderela. Ela então se casou com o príncipe e foi morar no castelo.

Mas o final bem que podia ser outro, não podia?

Talvez deste jeito:

Cinderela vai ao baile, dança com o príncipe, que fica apaixonado. Mas à meia-noite ela o larga com cara de

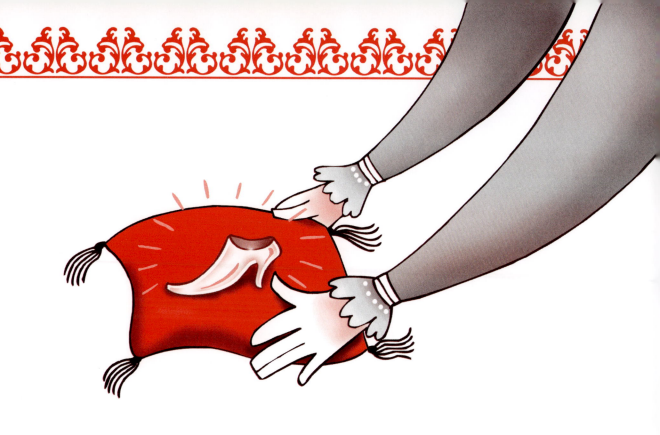

bobo no meio do salão e dispara porta afora. O sapato do pé esquerdo (ou do pé direito, tanto faz) cai e ela não tem tempo de voltar pra buscar.

No outro dia, logo pela manhã, com todo mundo ainda cansado e sonolento, o príncipe sai com sua comitiva procurando a dona do sapatinho de cristal. E vão provando o sapatinho nos pés das moças. Enfrentam cada chulé!

Pé daqui, pé dali, acabam chegando à casa da Cinderela. Ela senta, tira o tênis velho e horroroso que estava usando e estende o pezinho. Vem então o pajem trazendo com todo cuidado o sapatinho de cristal numa almofada de veludo. Aí uma das invejosas filhas da madrasta põe o pé (e que pezão!)

na frente do pajem, que tropeça e catapimba: no instante seguinte temos, em vez de sapatinho, uma porção de caquinhos de cristal espalhados pelo chão.

Muito zangado, o príncipe ordena que as filhas da madrasta peguem um tubo de cola e consertem o sapatinho, colando todos os pedaços no lugar. Dizem que até hoje elas ainda estão lá, colando e colando. E quando colam um caquinho errado, o príncipe manda começar tudo de novo!

Bacana, não foi? E que tal se o final fosse mais diferente ainda?

Quem sabe deste outro jeito:

A Cinderela era muito maltratada pelas irmãs e pela madrasta, trabalhava feito uma condenada. Lavava, passava, cozinhava, varria... Dizem que até fome a coitadinha passava. Mas no dia do grande baile no castelo do príncipe, uma senhora com jeito meio apalermado apareceu, disse que era sua fada madrinha. E não é que era mesmo?

Fez um gesto com a varinha mágica e transformou os trapos que a menina usava num lindo vestido. Com outro gesto transformou a abóbora numa carruagem e os camundongos em cavalos. Pensando bem, talvez isto fosse uma grande desvantagem, já que cavalo come muito mais do que camundongo. E espalha mais sujeira também.

Lá se foi ela, dançou com o príncipe, fugiu à meia-noite, perdeu o sapato, essas coisas todas que todo mundo já sabe. Só que, ainda no meio do caminho, o encantamento perdeu o efeito.

O vestido ficou de novo esfarrapado, os cavalos viraram camundongos e a carruagem... Bem, aí é que está o problema. Não sei se a fada era novata nesse negócio de encantamento. Ou se a varinha não era de uma boa marca. Tem aparecido tanta coisa falsificada... O fato é que a carruagem não voltou a ser totalmente abóbora. Nem ficou sendo totalmente carruagem. Passou a ser uma *aboboragem*; ou uma *carróbora*.

A Cinderela resolveu que não ia mais voltar pra casa. E, como o príncipe dançava muito mal, pisando a toda hora nos seus pés, resolveu que também não queria saber de príncipe nenhum. Ficou morando por ali mesmo, numa casinha à beira da estrada.

E nunca mais passou fome, porque podia comer todos os dias ensopado de abóbora, salada de abóbora, purê de abóbora, doce de abóbora...

Desta você gostou, não é?

E ainda tem mais...

O quê? O livro já está acabando? Mas não é justo! Eu ainda nem contei a do... tá bom, tá bom. Vamos fazer o seguinte: eu deixo algumas páginas em branco e você escreve e desenha o final deste livro. Um final bem bonito. Ou emocionante. Ou engraçado. Do seu jeito.

Depois você pode fazer uma bela dedicatória para alguma pessoa de quem você goste muito. Uma pessoa que você considere maravilhosa, inteligente, o máximo! Como, por exemplo, eu. Hein? Você prefere a sua mãe? Ou o seu pai? Tem certeza? Tudo bem, você é quem sabe... Como existe ingratidão neste mundo, não é mesmo?

Aqui você escreve